ESSAIS
POÉTIQUES

DE

G. SUREMAIN DE SAISEREY

Et sous un humble toit, nul de ceux que j'adore
Ne viendra me fermer les yeux !

Dix-neuf neiges n'ont pas encor blanchi mes ans
Que déjà sur mes jours ont surgi les autans.

G. S. DE S.

PRÉCY-SOUS-THIL

T. LOIREAU, LIBRAIRE-ÉDITEUR

1871

ESSAIS

POÉTIQUES

IMPRIMERIE J. CLAYE
RUE SAINT-BENOIT 7

LABUR

PARIS

Dessiné par Mlle Berthe de Saisorey.

L'ERMITAGE

ESSAIS
POÉTIQUES

DE

G. SUREMAIN DE SAISEREY

Et sous un humble toit, nul de ceux que j'adore
Ne viendra me fermer les yeux !

Dix-neuf neiges n'ont pas encor blanchi mes ans
Que déjà sur mes jours ont surgi les autans.

G. S. DE S.

PRÉCY-SOUS-THIL

T. LOIREAU, LIBRAIRE-ÉDITEUR

1871

NOTE DE L'ÉDITEUR

La résidence que j'ai choisie, au bourg où je suis né, pour y établir une librairie, ne me donnait pas à penser qu'un jour je pourrais devenir éditeur. Cependant une circonstance m'en a fourni l'occasion.

La nouveauté d'une bibliothèque, approvisionnée d'une assez grande variété de livres, dans un pays où jusqu'alors 'on avait été privé de cet avantage, m'attira tout d'abord un grand nombre de personnes, et j'ai pu voir, au bout de très-peu de temps, s'établir entre les notables personnages des environs et moi des relations très-satisfaisantes.

1

C'est ainsi que M. de Saiserey, devenu un habitué de mon magasin, est venu à me parler, à la suite d'une conversation littéraire, d'un manuscrit en sa possession, formé d'œuvres poétiques recueillies par lui dans les papiers de son jeune fils défunt.

Ayant témoigné le désir de connaître ce manuscrit, il me fut communiqué sans difficulté.

Dans la lecture que j'en fis, je remarquai un certain nombre de pièces qui me parurent avoir du mérite, et je pensai qu'il serait possible d'en composer pour le public un recueil intéressant. Je communiquai mes réflexions à M. de Saiserey, dont l'appréciation se trouva être conforme à la mienne en un point; mais quant à retirer profit de la vente des œuvres de son fils, il s'y refusa absolument. Je ne dus pas insister. C'est alors qu'entrant dans ce sentiment même, je fis à M. de Saiserey la proposition d'être moi-même l'éditeur du livre à mes risques et périls. Cette offre fut agréée, et c'est à ce titre que j'ai l'honneur d'offrir au public ce petit livre, dont, je l'espère, il me saura quelque gré.

Ce point étant réglé, M. de Saiserey a bien voulu faire suivre d'un commentaire explicatif un certain nombre de pièces, sur l'origine desquelles il pouvait avoir quelques données. Ces commentaires, en versant un peu de lumière sur les lieux et l'état de l'âme du jeune poëte, rendent les situations plus saisissantes et les pensées plus touchantes; aussi ai-je à rendre grâce à M. Saiscrey de ce concours gratuit et spontané au succès de mon entreprise.

PRÉFACE

Ces quelques pièces de poésie, seuls débris d'un précoce naufrage, sont les premiers élans, ou, pour mieux dire, les premiers et les derniers pleurs d'une jeune âme que le feu sacré commençait à remuer, et qui déjà n'est plus.

Ces derniers chants de mon enfant, je les ai recueillis avec amour, gravés sur l'écorce des arbres, sur des cahiers de devoirs, sur des feuilles volantes. Ils étaient l'expression d'une inspiration spontanée et secrète.

Il cherchait la solitude, aimait à rêver dans les

bois, sous les épais ombrages; il adorait les fleurs, les campagnes verdoyantes, les ruisseaux serpentants. Là, seul devant la splendide nature, il enfantait une image; le tableau grandissait au gré de son imagination féconde; un amour se peignait dans une lointaine aurore; c'est une idole, elle reçoit son encens; il l'aime, il l'adore, et le voilà à sa poursuite comme un bouillant coursier; en enfant imprévoyant et imprudent, courant à l'aventure, sans route tracée, sans plan, sans boussole, jusqu'au bout de ses forces, il tombe anéanti; bientôt il se relève. Un nuage a passé, le prestige s'est évanoui, il le cherche, il ne voit plus rien; mais un papillon, volage comme lui-même, vient à déployer à ses yeux l'azur de ses belles ailes, un nouvel amour s'empare de lui, un idéal tout paré de jeunesse, plus beau que celui qui vient de mourir, embrase son âme ardente, et encore une fois elle s'épuise dans une poursuite échevelée.

C'est ainsi que le pauvre enfant s'est trouvé engagé dans une voie funeste, qui fit, hélas! son éternel regret, sans pouvoir ni oser s'en plaindre.

O mon enfant! que ne m'as-tu ouvert ton âme tout

entière! Le peu que tu as montré ne me révélait pas
la profondeur de la plaie de ton cœur. J'ai dû te faire
entendre des paroles trop sévères, que la raison, la
trop froide raison, arrachait de ma bouche. Elles
n'étaient que là, va, mon bien-aimé; mon amour les
rejetait. Funeste erreur qui a conduit au tombeau
l'enfant que j'aimais tant, en faisant mon malheur
à jamais.

O mon Dieu, pourquoi me l'avez-vous ravi? Oh !
je le vois, Seigneur, l'essence dont vous aviez pétri
cette âme n'était pas de celles qui s'attachent à la
terre. Étreinte de toutes parts dans cette épaisse
atmosphère, les liens se sont rompus, et, comme un
ballon gonflé, elle s'est élancée légère vers la voûte
azurée.

De ces lieux élevés, enfant, laisse tomber ton
regard sur ces ombrages aimés où tu venais rêver.
Viens errer dans ces lieux tout pleins de ton souvenir,
où l'écho, étonné de ne plus entendre les chants de
ta jeune lyre, a fermé sa bouche attristée. Viens, ami,
viens m'apprendre à comprendre le langage des
âmes. Je cherche, mais en vain, j'interroge les buis-
sons, l'arbuste, le grand arbre. mais je ne puis saisir

cette langue mystérieuse. La fleur que tu aimais, la
pervenche, elle, je le vois, elle connaît ton secret,
mais elle ne peut me le dire. Sa voix si douce, si
tendre, se perd et s'évanouit sur ses lèvres bleues,
comme la goutte de rosée, suspendue à la fleur, se
fond au premier rayon d'une aurore naissante, pour
monter vers le ciel. Et toujours je suis seul, seul avec
mon regret; le silence m'environne, la mort m'a tout
ravi. Le souvenir seul me reste, son prestige est ma
vie, anime tout ce que tu as aimé et me le fait aimer.
Oh! viens, mon enfant, viens consoler ton père;
demande à Dieu des ailes, des ailes d'ange. Quitte ce
séjour de joie et de bonheur pour venir un instant
planer sur ces vallons. Viens rafraîchir mon âme,
viens réchauffer mon cœur, il battra plus heureux quand il dira : C'est lui, c'est lui! c'est mon
enfant! Ne crains pas, je t'aime trop, je ne te
retiendrai pas, je te laisserai aller; on est si bien
au ciel. Je te dirai : Reviens, mais reviens chaque
jour.

Je me suis écarté un peu du but que je me suis
proposé; je n'ai pu retenir la larme qui roulait dans
mes yeux. Elle a coulé, je puis reprendre la biogra-

phie rapide de la courte existence de l'enfant qui
n'est plus.

Toujours altéré du bonheur, du bonheur souve-
rain, il crut le rencontrer dans une vie aventureuse,
émaillée de hasards, de dangers et de grandes
actions.,

Un jour, se croyant secrètement appelé, il prit réso-
lûment et en secret la route de Paris, dans l'intention
de contracter un engagement pour la défense de la
Pologne, dont les malheurs avaient ému son cœur
compatissant. Arrêté à Paris, dans son plan de campagne, par des obstacles imprévus et insurmontables,
il fut ramené meurtri, brisé, n'en pouvant plus, accablé du naufrage de son rêve, de son rêve de gloire.

Les soins les plus tendres lui furent prodigués, et,
le temps aidant, il rentra de bonne foi dans la voie
raisonnable, parut reconnaître la folie de son entreprise, et accepta sérieusement un plan d'étude qui
devait aboutir à l'école de Saint-Cyr. Malheureusement il ne put pas longtemps maîtriser sa passion
dominante; il voulut, comme toujours, la fin sans les
moyens. L'épaulette de l'officier séduisit son ardeur.
Dans cette vie du guerrier, il avait mis du loisir pour

rêver. Dans sa giberne était une lyre pour chanter toutes les beautés de la terre.

Il brisa d'une main hardie l'échafaudage, qui lui semblait trop compliqué, d'un édifice que de la pointe de son épée il pouvait d'un seul coup faire sortir du sein de la terre.

En effet, rien ne fut assez puissant pour vaincre sa résolution : prières, larmes, amour, menaces même, tableau désespérant des souffrances, des privations imposées à la vie du soldat, rien ne put ébranler sa foi dans son étoile. Cependant son cœur souffrait, car il aimait profondément sa famille, les lieux de son enfance avaient un charme tout particulier à ses yeux. Les principales inspirations de ses compositions sont un hommage constant au culte qu'il rendait aux ombrages, aux eaux, aux vieux arbres, aux hôtes de ce petit vallon qu'il aimait d'un tendre amour. Mais la trompette du Destin a sonné, il ne peut résister, tout est sacrifié, il s'engage. Ce fut le flot qui l'engloutit, le pauvre enfant, pour me servir de sa propre expression, quand il compare son être à une frêle nacelle ballottée par les vents, brisée sur un rocher.

Il ne tarda pas à voir sa belle idole se dépouiller de tous ses riches atours. Son rêve ne dura que ce que dure un rêve. Ses chères illusions se fondirent comme une parure d'or dans le creuset de l'artisan. Cette vie de soldat qu'il avait idéalisée, que son imagination trop féconde avait semée de toutes les fleurs d'un printemps éternel, cette idole de sa vie, il la vit se flétrir, se dépouiller de tous ses charmes, sa beauté se changer en une hideuse laideur.

Dans les rares instants qu'il déroba à son rude service de soldat, il composa quelques pièces; un petit nombre avait précédé son engagement, mais la majorité fut produite sous les ombrages qu'il aimait avec passion, durant les trois mois de repos que lui procura un congé de convalescence. Elles sont toutes empreintes d'une sombre et profonde mélancolie. Un pressentiment funeste plane sur son âme. Il ne voit que cyprès, mausolée et tombeau. Sa lyre ne fait entendre que des accents plaintifs, des regrets, des adieux, des larmes et des soupirs. Il porte en silence ses pas en tous lieux; mais la mort est partout, elle le suit pas à pas. Il sourit à la fleur et son œil se mouille, il ne la verra plus; la route verdoyante qui

tamise sur son front le gai rayon du jour survivra à
sa destinée. Le ruisseau desséché est l'emblème de
sa vie; l'écho rend sa voix pour la dernière fois.
Enfin son ermitage, ouvrage de ses mains, si cher à
sa tristesse, confident discret de toutes ses pensées,
témoin de ses souffrances, de ses craintes, de ses
espérances, il lui adresse son dernier adieu, dans
une petite pièce intitulée *A mon ermitage*, qu'il
composa à l'heure de son départ, à l'expiration de
son congé.

C'était le chant du cygne, le dernier élan d'une
âme brisée. Le clairon a sonné le rappel, il faut par-
tir, et la Parque avide et cruelle attend impatiente sa
victime, et, sans pitié pour cette tête innocente, elle
tranche le fil de cette trop courte vie.

O mon enfant, je te dois mon hommage. Tu m'as
légué ton cœur, révélé dans tes œuvres au matin de
la vie. Par elles tu vis pour moi; chaque jour je m'en
nourris; je savoure sans cesse le parfum de ton âme.

Ce que tu n'as pas fait, j'essayerai de le faire.
Modeste, tu vivais ignoré. Aucune louange n'a flatté
ton oreille. Tu pensais et la voix ne faisait aucun
bruit, mais ta plume rendait à un discret papier,

que le vent emportait, ce que tu n'osais dire, trop humble pour croire qu'un meilleur sort lui était dû. Ces pensées, tu les donnais au vent, mais celui qui commande les rendit à un père.

O messager léger, prends encore ce soin; porte aux cœurs purs, aux âmes tendres et aimantes, ces chants plaintifs de celui qui n'est plus. Douces jeunes filles, aux formes gracieuses et chastes, aux sentiments élevés et purs, donnez une larme à l'ami qui vous aime; autant vous êtes belles, autant en retour il veillera sur vous, protégera vos charmes, défendra votre vertu contre la séduction, et vous rendra aimables devant la Reine du ciel, qui fut toujours sa mère.

Pour rendre plus intime la connaissance de l'ami que je vous présente, jeunes filles, je vous offrirai peut-être un jour un certain nombre de lettres, que le même messager, dont je vous parlais plus haut, a laissées tomber en passant sur ma douleur, comme un baume sur une blessure.

FERDINAND SUREMAIN DE SAISEREY.

ESSAIS POÉTIQUES

PREMIÈRE PARTIE

NOTICE SUR LE NAN.

Le Nan prend sa source aux montagnes des *Cygnes*, non loin des *roches d'Azur*. Il traverse un charmant vallon auquel il a donné son nom, et coule dans un lit de fleurs, entre des bords toujours renaissants. Son onde est pure comme l'azur des cieux, et la feuille dentelée de l'érable et du sycomore le couvre de son mobile ombrage. Le rossignol, balancé sur un flexible rameau, remplit d'harmonie ses bords enchantés. La douce brise du soir gémissant dans les roseaux se plaît à errer sur sa nappe de cristal. Il serpente lentement au travers des prairies, remplit la nature et charme le vallon de son doux murmure.

COMMENTAIRE.

Cette notice est de pure fantaisie. Le ruisseau de ce nom, humble et ignoré s'il en fut, avait pour mon enfant un charme secret, qu'on ne peut expliquer que par une harmonie mystérieuse en rapport avec

2

l'état de son âme. Cette rivière microscopique était pour lui une amie, une confidente, le miroir de sa destinée. Son eau silencieuse et limpide, coulant inaperçue et sans bruit, par mille contours divers, dans les prairies émaillées, pour aller mourir à deux pas de sa source, semblait être un lien de rapprochement et un point de ressemblance avec lui-même. Il en parle souvent dans ses rêveries ; et dans ce recueil il se trouve une petite pièce de vers adressée à ce ruisseau qui commence ainsi : O Nan, combien je te ressemble !

ESSAIS POÉTIQUES

SOUS UN CHÊNE

A L'ABRI DE L'ORAGE.

Abreuve-toi, douce nature,
De cette fraîche onde des cieux;
Charmant ruisseau, de ton murmure
Remplis ces champs harmonieux,
Douce rose, rose odorante,
Ouvre ton cœur à ton amour;
Dans ton beau calice en ce jour
Reçois cette perle brûlante,
Enchaîne-la dans tes atours;
Redoute l'astre de lumière,
Dans l'ombre cache-toi toujours,
Et tu jouiras dans les amours,
De la félicité si chère;

Doux rossignol, de tes chansons
Charme ces champêtres vallons ;
Dans tes parvis, sous le feuillage,
Retiens ta compagne volage,
Que vos chants pleins de vos amours
Aient pour refrain : « Toujours, toujours ! »

COMMENTAIRE.

Ici nous trouvons notre enfant assis au pied d'un chêne, pendant que le ciel gronde.

Comme un sage des temps antiques que l'ouragan surprend dans le voyage, il vient s'abriter sous le toit protecteur de l'hôtel hospitalier, dont la porte est toujours ouverte au voyageur. Il bénit en entrant, puis, prenant place au foyer de famille, il adresse à ses jeunes amis de bienveillantes paroles. Pour chacun il a un conseil salutaire, un délicat avertissement ; et à tous, il indique le chemin qui conduit au bonheur, le secret pour être heureux, toujours.....

ISOLEMENT.

Pourquoi n'est-il pas de retour,
Celui qui berça mon enfance?
Mon cœur souffre de son absence;
Oh! rendez-le à mon amour,
Dieu de bonté et de puissance;
Faites qu'il revienne en ce jour
Consoler mon cœur plein de crainte,
Et que de sa bouche un baiser
Éloigne de moi toute plainte.

A UNE TOURTERELLE.

Tourterelle gentille,
Que j'aime à caresser,
A travers cette grille,
  Ton cou léger !

Que j'aime à déposer,
Lorsque le soleil donne,
Sur ta tête mignonne
  Un doux baiser !

Qu'il m'est doux de penser
Que la jeune maîtresse
Vers toi viendra natter
  Sa belle tresse !

Que, sur son sein pressée,
Tourterelle adorée,
Tu prendras de sa main
Un petit grain !

COMMENTAIRE.

Quand le sombre bandeau qui limitait son horizon s'entr'ouvrait légèrement, un rayon azuré venait réjouir son âme, qui, vite, allait se reposer dans une pensée limpide.

Tel était l'état de son âme, le jour où lui furent inspirés ces vers, si remplis d'une suave et candide douceur.

Il avait pu observer une jeune et belle fille, sa cousine, en déshabillé du matin, les cheveux flottants, donnant ses soins à l'oiseau captif, qu'elle caressait de sa blanche main, comme aussi de sa douce voix.

Telle est l'origine de ce délicat tableau.

LA FLEUR DES CHAMPS.

La douce bergère
Foule la bruyère
De ses pieds mignons;
Et ses blancs moutons
Sans cesse se pressent
Et gaîment caressent
Le beau lis des monts.

Ses beaux cheveux blonds
Flottant sous la brise
Caressent gaîment
Le beau cou de Lise.
Le visage aimant
De la vierge blonde

Se mire dans l'onde
D'un lac radieux.

Le soleil qui dore
L'orient des cieux
La voit dès l'aurore
Sur ces bords fleuris.

Les vagues limpides
Mouillent de leurs plis
Les beaux pieds humides
De la vierge assise.

Un jeune agneau blanc
Couché près de Lise
Lèche doucement
Sa main effilée.

C'est ainsi qu'était
La vierge adorée
Lorsqu'elle aperçut
Celui qu'elle aimait.

. . . .

LA VIOLETTE.

SONNET.

Innocente dans ta parure,
Tu te caches près des ruisseaux ;
Et, vivant de leur doux murmure,
Tes charmes parfument les eaux.

Quand de la divine nature
Le soleil brûle ces coteaux,
Une bergère à l'âme pure
Te ravit à ton doux repos.

Alors heureuse et vénérée,
Dans sa chevelure adorée,
Tu brilles d'un éclat divin.

Et le berger de la vallée,
Enviant ton heureux destin,
Te garde à jamais desséchée !

A MADEMOISELLE X...

La plus belle des fleurs n'égale ta douceur,
La plus blanche colombe est moins pure que toi,
Bel ange que j'adore, et que mon cœur préfère.
Souviens-toi des doux nœuds qui m'assurent ton cœur,
Rappelle-toi ce jour, quand, assise près de moi,
Sous le joli berceau de ton riant parterre,
Mon ange, tu n'osais rompre le doux silence
Que mon amour naissant saintement respectait.
Te souviens-tu toujours, fleur de mon espérance,
Avec quelle candeur ta tête s'inclinait
Sur ton sein adoré, lorsque les premiers mots
De ma bouche à ton cœur découvrirent la route?
Hélas! ils ne sont plus, ces instants de repos!
Ils ont fui loin de moi, et maintenant le doute
Vient troubler le bonheur que je goûtais vers toi.

LA SOUFFRANCE.

Paris, lorsque l'hiver a rempli tes quartiers,
Quand un lourd manteau blanc couvre tes toits altiers,
Une foule mourante, en proie à la misère,
Tend une main craintive au passant solitaire.

Dans ce groupe mouvant, un ange du Seigneur
Abaissait son beau front sur cette terre nue;
Son doux regard fixait la terre avec langueur
Et parfois doucement interrogeait la nue.

A sa main transparente un enfant s'attachait,
Dont la mourante voix sans cesse répétait :
J'ai faim !... j'ai faim !... j'ai faim !... ô ma sœur, je succombe,
Chaque instant écoulé m'approche de la tombe.

A ces tristes accents, l'enfant de la douleur
Pressait contre son sein sa malheureuse sœur.
Et d'une tendre voix berçait de l'espérance
Sa compagne de pleurs, ainsi que de souffrance.

Sa main froide et glacée, invoquant la pitié,
Ne connut point, hélas ! la douce charité.
Repoussé, méconnu, l'enfant de l'indigence
Ne trouva pour soutien que pleurs et que souffrance.

LA JEUNE EXILÉE.

Aux bords fleuris de ce lac enchanteur,
En soupirant, je viens rêver encore;
Loin du vallon où j'ai reçu l'aurore,
Je viens, plaintive, épancher ma douleur.
Seule, en silence, errant sur ce rivage,
De mon pays je chante les malheurs.
Comme un cyprès isolé sur la plage,
Aux flots amers confiant mes douleurs,
Ainsi qu'une ombre, en ce site sauvage,
Du souvenir, hélas! je bois les pleurs.
Brise chérie, apporte-moi l'haleine
Dont tu berças la rive italienne;
Sèche mes pleurs, bannis ces noirs pensers,
Porte avec toi mes souvenirs passés.

Pauvre, en exil, sur la terre de France,
Loin de l'ami que préfère mon cœur,
Sans avenir, au comble du malheur,
Coulent ces jours de mon adolescence.
Mais si jamais la douce délivrance
De mon pays me rendait les amours,
Jeune, adorée, aux bords fleuris du Nours,
Jouissant enfin du prix de ma constance,
Auprès de lui, joyeuse d'espérance,
Oh ! j'entendrais : « Bénis soient nos amours !
Lis, églantier, sont unis pour toujours ! »

ÉPIGRAMME

SUR JACQUES BANCOT.

Quand je serai bachot ès sciences
Le monde de moi plus n'rira,
Car j'aurai bien plus d'apparences,
Mais n's'rai pas plus malin pour ça.

COMMENTAIRE.

Ces quatre vers, retirés d'une pièce plus étendue, un peu grivoise, perdent leur sel et leur sens d'à-propos, séparés qu'ils sont de l'ensemble du morceau. Nous les aurions sacrifiés comme le reste, s'il ne nous eût semblé retrouver un reflet de la franchise et la bonhomie du caractère de notre cher enfant, méritant d'être présentées. Ce qui a été supprimé ne pouvait pas trouver place dans ce recueil à cause du sans gêne et du sans façon qui y règnent, mais qui étaient bien appropriés à la circonstance. En effet, ces vers avaient été faits pour égayer le personnel d'une récréation de collège, où il rentrait, après une absence de deux mois, occasionnée par la nécessité de subir une opération douloureuse, l'extraction d'un ongle du pied.

Sa marche, gênée encore par un reste de douleur, lui valut le surnom de Jacques Bancot (boiteux). C'est sur ce nom qu'il composa son épigramme. Après avoir ri de bon cœur, avec ses camarades, sur le compte du pauvre Jacques, il termine, pour relever son personnage, par les quatre vers que nous avons conservés.

CHARADE

En me riant des lois de notre Académie,
Aux pauvres malheureux mon premier rend la vie;
Mon second est le nom d'un peuple glorieux,
Qui dans l'antiquité fit trembler nos aïeux;
Et mon dernier enfin est d'un besoin extrême
Pour un peintre, un poëte et certes pour moi-même :
De mon tout maintes gens se flatteront en vain,
Si l'auguste Apollon n'a tracé leur destin.

Le mot de la charade est *Logogriphe.*

LA ROSE D'ESPÉRANCE.

A LUCY.

Comme une fleur pure et charmante
Tu t'élevas au sein du Nour,
Tu grandis avec mon amour,
Toute belle, tout odorante.

De ma délicieuse enfance
Tu fus la reine chaque jour...
Et de la barque de Padour
As-tu encore souvenance?

De ce beau soir où la nature
Chantait son bonheur renaissant;
Quand tu me disais doucement :
« Que la vie est un doux murmure! »

Mais, hélas! ils sont écoulés,
Ces beaux jours de l'adolescence;
Et de cette fleur d'espérance
Les doux parfums sont consumés.

O mort implacable et cruelle,
Avec ta rigueur éternelle,
Tu m'as enlevé sans pitié
Lucy, mon bonheur, ma gaîté.

Et je meurs! car sans toi la vie
N'est qu'un voyage douloureux;
Tout est froid, vertueuse amie,
Tout est glacé, silencieux.

Réjouis-toi donc, ma colombe,
Car la vie est bien douce aux cieux,
Et la blanche neige qui tombe
Demain nous couvrira tous deux.

SOUVENIR.

ÉLÉGIE.

Tu n'es plus, ma Lucy, tu as fui cette terre,
Ton cœur était trop pur pour ce sombre séjour,
Et bien plus blanche encor que la rose éphémère,
    Tu t'envolas, ô mon amour !
Une mort implacable à mon cœur t'a ravie,
      Toi si jeune et si belle !
Comme une frêle fleur, l'automne t'a flétrie,
      Et, plus pure et plus blanche qu'elle,
      Sur l'onde de la vie
      J'ai vu s'incliner jeune encor
      Cette tête chérie !

Comme, après l'ouragan, le noir souffle du Nord
Emporte de la fleur le parfum de son âme,

Ainsi de mon amour il emporta la flamme
      Dans ton dernier soupir.
De tout ce que j'aimais, un portrait seul me reste
      Pour pleurer et gémir.
Hâte-toi, douce mort, viens aussi m'engloutir,
      Achève ta conquête,
   Délivre-moi des misères humaines,
      Apaise mes douleurs,
      Et mets fin à mes peines.

Sur ton tombeau, la nuit, arrosé de mes pleurs,
Je viens, silencieux, rêver à ton image;
Je pleure, ma Lucy, je pleure sur ton âge,
      Et mon âme te cherche en vain, hélas!
O toi, du haut des cieux, soutiens mon âme errante,
Car je n'ai plus de toi que l'image vivante;
Mes amis les plus chers ont suivi ton trépas,
      Et seul sur cette terre,
      Dans ma triste misère,
Je ne puis demeurer, je veux suivre les pas.
      J'irai te rejoindre là-haut!

Réjouis-toi, mon âme, et mets fin à tes maux,
Car avant peu, pour toi, luiront des feux nouveaux:
Le séjour bienheureux où ma Lucy repose
      S'ouvrira pour me recevoir.

Adieu, val regretté, silence, désespoir,

Campagne désolée, et nature morose,
Adieu, pays désert, lieux si beaux autrefois,
  Quand ta voix mélodieuse,
  Du sein fleuri de nos bois,
  Montait pure, douce et joyeuse,
  Aux hautes cimes de nos toits.
  Quand dans la plaine renaissante,
  Sur les bords d'une onde dormante,
  Je laissais sur ta joue errer
    Ma bouche brûlante.

Mais, hélas! elle a fui, cette jeunesse ardente;
Ils ont coulé, ces jours où si doux est d'aimer :
Et le souffle d'automne a jauni nos montagnes,
Et la bise glacée erre sur nos campagnes...

REGRETS ET SOUVENANCE

SONNET.

Elle était là, sur cette rive,
Le zéphyr berçait ses cheveux ;
On entendait l'onde plaintive
Mugir sous ces rochers brumeux.

Mais de cette onde claire et vive,
Soudain un monstre furieux,
Fond sur cette vierge craintive,
Qui fuit ce monstre audacieux.

Dans le gouffre affreux il l'entraîne,
Et l'onde trop cruelle enchaîne
Mon cœur, ma flamme et mon amour.

Sur ces bords, tremblant, je m'élance ;
Un nom seul sort du sein du Nour !
Et tout rentre dans le silence...

LE PREMIER AMOUR.

SONNET.

Deux ans ont fui, mais ta divine image,
Sans s'altérer, demeure dans mon cœur;
Deux ans ont fui, mais le flot de la plage
Redit encor ton divin nom de fleur.

Seul, à cette heure, errant sur ce rivage,
Aux flots amers confiant mes douleurs,
Ainsi qu'une ombre, en ce site sauvage,
Aux souvenirs je consacre mes pleurs.

Mais si ton âme aux rives solitaires,
Comme autrefois errant dans les clairières,
Venait gémir plaintive en ce vallon!

Si, pour charmer les ennuis du silence,
Au bord des eaux tu répétais mon nom,
Combien serait douce la délivrance !

SONNET.

Mon amour pour la gloire et pour la liberté
Malgré moi m'a conduit à la fatalité.
A peine avais-je un pied au seuil des destinées,
Que des feux dévorants ont flétri mes années.

Mes jours n'ont point connu les charmes de l'été,
Des préjugés mondains je me suis écarté,
Et, tournant mes regards vers les noires fumées
Qui planent tout le jour sur le feu des armées :

« O Dieu Mars, reçois-moi sous ton dôme enflammé!
« Puisse ton bouclier, par ma main comprimé,
« Faire jaillir aux cieux tout le sang de la terre!

« Coulez, coulez, passez, gloire, amour, vanité,

« Je me ris du trépas et des feux du tonnerre,

« Et je répète encor : Vive la liberté! »

ISOLEMENT.

Seul, en silence, environné des ombres,
Sur ce rocher, près de ces forêts sombres,
Je rêve, hélas! aux flots des avenirs,
Dont l'amertume arrache des soupirs.

Du monde entier abhorrant les coutumes,
En cet endroit je viens me recueillir;
Sur la montagne, environné des brumes,
J'aime écouter les ouragans mugir.

A mes douleurs consacrant mon idole,
Des fleurs des champs j'effeuille la corolle;
Aux vents jetant ces beaux débris amers.
De leurs senteurs je parfume les airs.

Comme un pilote, à la proue écumante,
Des flots calmés sonde la profondeur,
Ainsi, bercé de la brise odorante,
Je vois, hélas! mon immense malheur.

COMMENTAIRE.

Comme un cerf aux abois, de toutes parts il n'entend que menaces et fureur. Où son œil se repose, il voit écrit : *Malheur!*

LE LOINTAIN DÉPART.

Nau, 8 octobre 1863.

Adieu, patrie, il faut que je te quitte,
Le sort l'a dit, je ne puis résister ;
Adieu, je pars, et je cours au plus vite
Vaincre ou mourir pour un peuple étranger.
Quelle tristesse assombrit mes pensées,
Quelle douleur vient envahir mon cœur,
Quand tout me dit qu'est ici le bonheur
Et qu'il me faut délaisser ces vallées!
Hélas!... mon Dieu, pourquoi l'as-tu voulu?
Toi, tu me dis de quitter ma patrie
Et le tombeau de ceux qui ne sont plus,
D'abandonner mes parents, mon amie,
Et de tenter la fortune et l'honneur.

Mon cœur répond : Reste auprès de ton père,
Un fils doit-il abandonner sa mère?
Mais je ne puis écouter cette voix!...
Car le Destin me soumet à ses lois!
Déjà mon char, aux portes de la ville,
Vient de voler pour la dernière fois...
Adieu! Hélas! tout s'enfuit, tout s'éloigne,
Mon cœur se fend! j'entends dans la campagne
Un son lugubre... Ah! c'est un glas de mort...
O Seigneur Dieu, j'ai froid, je vais mourir,
Déjà je sens mon courage faiblir...
Mon père, adieu! j'expire... cruel sort!
Si jeune, hélas! pourquoi faut-il mourir?

COMMENTAIRE.

La date de cette pièce fait voir depuis combien de temps notre enfant nourrissait dans le secret de son cœur l'acte de dévouement qu'il croyait devoir au malheur d'un peuple opprimé.

Cependant il semble être sous la pression d'une irrésistible puissance dont il cherche en vain à se dégager. Il raisonne, il prie, il murmure; la voix ne répond pas, l'ordre est toujours pendant; sa destinée l'entraîne. Il faut donc obéir! et cette pensée lui glace le cœur.

L'ANNIVERSAIRE DE WATERLOO.

C'est aujourd'hui l'anniversaire
Du désastre de Waterloo;
C'est aujourd'hui que l'Angleterre
Célèbre son plus cher héros,
Que notre France conquérante
Éprouva son plus grand revers,
Et que l'Europe triomphante
Fit couler tant de pleurs amers.

RÊVERIE

AU NAN.

Paris, hôpital du Val-de-Grâce, 2 avril 1865.

Sur ton rivage tranquille,
Loin du tracas de la ville,
A l'ombre de frais ormeaux,
Dans ta douce solitude
Je viens rêver au repos,
Et du charme de tes eaux
Goûter la béatitude.
Le doux zéphyr du matin,
De son souffle clandestin
Caresse ta blanche écume;
Les premiers rayons du jour,
Dissipant soudain la brume,

Illuminant ton séjour,
Des chastes feux de l'amour...

. . . .

COMMENTAIRE.

Humble ruisseau, verse une larme sur le tombeau de ton ami.

LES PLEURS.

ÉLÉGIE.

Paris, hôpital du Val-de-Grâce, 22 avril 1865.

C'en est fait de ma vie, adieu, triste existence !
Adieu, pays si cher, grottes, chênes touffus,
Adieu, derniers beaux jours, adieu, lieux d'innocence,
    Car je ne vous reverrai plus !

Si jeune ! et tout doré des rayons de l'aurore,
Au printemps de mes jours, est-ce à moi de mourir ?
De l'aquilon j'entends l'haleine âcre et sonore
    Dans les rameaux flottants gémir !

De l'éternel cyprès l'ombrage m'environne,
Et, plus sombre cent fois que ce sombre coteau,

Comme un pampre flétri qu'a dépouillé l'automne,
    Je m'incline vers le tombeau!

Si du moins mon amante, au coin du cimetière,
Quand le soleil s'éteint, pour gage de sa foi,
Les mains jointes, le front penché sur cette pierre,
    Venait parfois prier pour moi!

Mais non, adieu, je meurs! adieu, tardive aurore,
Je ne reverrai plus les rayons dans les cieux;
Et sous un humble toit nul de ceux que j'adore
    Ne viendra me fermer les yeux!

COMMENTAIRE.

Une voix prophétique vibrait dans le cœur de mon enfant, quand il écrivait ces lignes.

Tout ce qui y est dit, de point en point, s'est accompli, seulement un peu plus tard. Dieu, qui lui révélait sa destinée, lui réservait de revoir une dernière fois ce qu'il aimait : son pays, sa famille. La Providence lui ménageait encore un temps de recueillement, de calme et de repos pour préparer son âme avant le sacrifice, un instant à sa muse, comme une fleur éphémère, pour s'entr'ouvrir et puis mourir.

Cette pièce de vers, si remplie de tristesse et de découragement, est datée du Val-de-Grâce. Par quelles circonstances y avait-il été amené? C'est un mystère que je n'ai pu pénétrer. Tout ce qu'il m'a été possible de découvrir, c'est qu'il fut transporté à cet hôpital atteint d'une blessure dont l'effet eut pour suites de provoquer des palpitations de cœur.

Dans ce séjour de douleur, de souffrance, de mourants, de morts, seul, isolé, délaissé, sans amis, sans parents, il s'est mis à verser des larmes sur *l'aurore* de sa vie, qui bientôt allait s'éteindre.

C'est au sortir de cet hospice qu'il vint passer dans sa famille trois mois de convalescence. Il ne parla pas de cette blessure,

Il paraissait savourer avec bonheur le calme silencieux de notre habitation ; mais une teinte de mélancolie était permanente sur ses traits. Le voile de sa destinée qui s'était entr'ouvert ne lui laissait plus de doute : il ne quitterait le toit bien-aimé de son père que pour aller mourir, et rendre véridiques ces vers qu'il avait écrits quelques mois plus tôt, et qui terminent cette pièce :

> Et sous cet humble toit nul être que j'adore
> Ne viendra me fermer les yeux.

Ce pressentiment, exprimé avec tant de précision, a quelque chose de frappant, mais de plus navrant encore !

A peine rentré au régiment, il tombe victime d'une épidémie qui l'emporte en quatre jours. Il meurt à l'hôpital de Chartres, sous cet humble toit qu'il avait entrevu, sans voir à son chevet nul de ceux qui l'aimaient.

Pauvre enfant ! bien amer était le calice qui t'était réservé.

REMARQUE.

Nous avons retranché de la pièce plusieurs strophes, qui n'étaient que la répétition de la même pensée sous des formes diverses. C'était le pauvre enfant se retournant dans sa douleur. Cette suppression rend le morceau plus correct, sans en altérer le sentiment.

AU NOUR.

SONNET.

Nan-sous-Thil, 2 mai 1865.

Quand le soir dans les champs ramène la fraîcheur,
Quand l'haleine des vents parfume la vallée,
J'aime sur ton rivage ouïr la voix ondée,
Du rossignol joyeux, aux chants rimés du cœur.

Près de cette eau limpide, au murmure enchanteur,
Je viens, triste, rêver sous la voûte étoilée;
Et de sa douce voix mon âme consolée
D'un amour défaillant sent revivre l'ardeur.

Tendre était son regard, douce était son image,
Son front de l'innocence était le chaste ouvrage;
Quelle aimable candeur indiquaient ses beaux yeux!

Nul ange plus aimant, et nulle fleur plus pure,
Ne parurent jamais aux demeures des cieux;
Tu fus tout mon amour, l'orgueil de la nature,

SOUVENIRS.

Nan-sous-Thil, 12 mai 1865.

Oui! ils se sont enfuis, ces jours où mon enfance
Ne vivait que pour toi, parcourant les forêts.
Hélas! rien n'est resté de ces jours, ô Laurence,
Et ton ombre à cette heure erre dans les genêts.
Oh! reviens près de moi, bel ange que j'adore,
Vois, au fond du vallon, la nuit est noire encor,
Au souffle du zéphyr la nature s'endort,
Et les feux renaissants de la joyeuse aurore,
Sous l'ombrage des bois soudain venant éclore,
   T'emporteront sur un rayon d'azur.
L'onde dans la prairie adoucit son murmure,
L'oiseau des nuits d'été chante dans la verdure,
L'étoile en scintillant brille dans le ciel pur;

Ombre au doux souvenir, oh! descends des nuages;
Si doux est de revoir l'ange de ses amours!
Mais tu ne viendras plus pleurer sur ces rivages
Comme autrefois, hélas! au milieu du silence.
Oui, dans ce cœur qui bat je garderai toujours
            Ton image, ô Laurence!
Une voix dans mon cœur me redit chaque jour :
« Ami, ne gémis plus sur ton fatal amour;
« Il est des lieux plus beaux où celle qui t'est chère,
« De ton lointain exil aux plaines de la terre,
            « T'attend à ton retour. »

LE LANGAGE DES FLEURS.

AU JARDIN DE NAN.

Nan-sous-Thil, 12 mai 1865.

LA PAQUERETTE.

Oh! que la nuit, rose odorante,
A de charmes pour nos amours!
A nos pieds l'onde murmurante
    Toujours, toujours,
Vient se jouer sous cet ombrage.

LA ROSE.

O vous la belle au doux langage,
Votre couronne est blanche de candeur
    Et la perle qui vous décore,
Semble dormir en votre cœur,
Semble aux nuits dire : « Je l'adore! »

LA PAQUERETTE.

Bien douce et tendre est votre voix,
Qui dans la nuit réveille la nature,
Quand du ruisseau le doux murmure
S'harmonise aux chants de nos bois.

UNE CAPUCINE.

Mes compagnes, voyez l'aurore,
Qui de ses rayons nous décore.
Il va venir, notre beau jardinier,
Nous offrir l'onde salutaire :
Honneur aux dieux, honneur à notre père :
C'est notre bouclier.

COMMENTAIRE.

Son âme était sérieuse comme un matin du mois de mai, le jour où elle s'ouvrit pour recueillir le murmure des fleurs. C'était quelques jours après son retour du régiment. Il était altéré de grand air ; il devance l'aurore pour courir au plus vite se retremper dans la fraîche nature, et réchauffer son cœur aux mille rayons dorés.

Après avoir parcouru les monts et les vallées, salué tout en passant, les sources et les ruisseaux, accablé de fatigue, il termine sa course dans le jardin de la maison, près du carré des fleurs. Son œil en est charmé, son âme est enivrée ; il les entend parler et se met aussitôt à traduire leur langage.

Mon arrivée inattendue rompt sans doute le charme, car il termine presque aussitôt, et, s'avançant de mon côté un papier à la main, il me dit : « Savez-vous, père, que vos fleurs ont de l'éducation; elles sont courtoises et bien élevées. Voyez comme elles se parlent honnêtement. Ne dirait-on pas qu'elles sortent du Sacré-Cœur? »

SONNET.

Nan-sous-Thil, 21 mai 185.

Rio[1], berceau chéri de mes jeunes années,
Nan[2], rapide torrent aux berges fortunées,
Ligo[3], banc de rochers où mugissent les vents,
La Fins[4], plaine féconde, aux épis jaunissants,

Nour[5], source intarissable aux eaux toujours glacées,
Monteaux[6], vert mamelon, aux collines boisées,

1. *Rio*, partie du parc.
2. *Nan*, ruisseau du parc.
3. *Ligo*, montagne dénudée qui s'aperçoit de la cour, au midi.
4. *La Fins*, plaine entre Nan-sous-Thil et Thil-la-Ville.
5. *Nour*, source du lavoir.
6. *Monteaux*, montagne qui fait suite à celle du Thil, au sud-ouest.

Bel-Étang-de-l'Îlot[1], aux ombrages flottants,
Teurobeurot enfin[2], aux sapins verdoyants,

Vous tous, chers souvenirs du pays que j'adore,
Vous garderez longtemps le nom d'Éléonore,
Doux nom que j'ai chanté sur les gazons soyeux.

Le silence a passé sur mes jours, je succombe!
D'un cœur qui vous aimait recevez les adieux,
Lieux charmants que consacre à jamais une tombe!

COMMENTAIRE.

Ce sonnet, où notre enfant promène tout à la ronde son souvenir
sur les différents climats du pays qui lui est cher, adressant à chacun son petit mot d'amitié, est du nombre des quelques pièces
qu'il m'offrit de sa main; mais il avait eu soin d'en retrancher les
trois derniers vers, qui révélaient trop le secret amer de son cœur.

S'il aimait à partager ses joies, il gardait toutes ses peines pour
lui seul.

1. *Bel-Étang-de-l'Îlot*, étang du parc.
2. *Teurobeurot*, lieu planté de sapins à l'extrémité du parc.

ÉNIGME.

Du destin des mortels je suis la prophétesse,
L'avenir m'est connu, je me ris du présent,
Du pauvre cœur humain je connais la faiblesse,
Et sous l'humilité je cache mon talent.

Le mot de cette énigme est *Pâquerette.*

LE SOIR SUCCÉDANT A L'AURORE.

Nan, le 1er juin 1865.

Ma jeunesse a passé comme un souffle éphémère,
Qui s'élève à l'aurore et s'éteint au couchant;
Le printemps de mes jours, pâli dès son levant,
N'a vu luire en son sein qu'une sombre misère.
Dix-neuf[1] neiges n'ont pas encor blanchi mes ans,
Que déjà sur mes jours ont surgi les autans....

. . . .

COMMENTAIRE.

La pièce qui précède n'a pas été reproduite dans son entier. Elle
n'était, à vrai dire, qu'une ébauche, un thème à travailler, des
pensées entassées. Cependant nous n'avons pas hésité à insérer
dans ce recueil les six premiers vers, qui en contiennent l'esprit en
partie.

1. Il est mort à dix-neuf ans à peine.

LE MALHEUR.

Nau, le 2 juin 1805.

Pourquoi, Reine des cieux, as-tu tari mes jours?
Le Destin a pâli mes dernières années,
Et, quand vient à briller l'astre des destinées,
Je ne puis ne pas voir mon malheur à toujours!

Oui, je dis mon malheur, car plus rien en ce monde
Ne pourra de mon cœur effacer les regrets;
Mon âme aux souvenirs est unie à jamais;
Vite, passez, mes jours, que la douleur inonde!

Que me font ces rochers, ces plaines, ces vallons,
Vains objets qui n'ont plus de charmes pour mon âme?
Mon cœur n'a que soupirs, mes jours n'ont plus de flamme:
O Destin, de mon sang fais tes libations!

COMMENTAIRE.

Une large déchirure dans le bandeau que Dieu tient sur nos destinées n'avait-elle pas laissé passer un flot de lumière pour que mon pauvre enfant ait pu lire, d'une manière aussi nette, dans le livre de l'éternelle nuit? A cette heure, il n'espère plus : pourquoi as-tu tari mes jours?

S'il a emprunté à son maître en poésie les deux premiers vers de la troisième strophe, on peut le croire, c'est qu'ils rendaient toute sa pensée et s'harmonisaient si bien avec l'état de son âme, qu'il laissa sans scrupule courir sa plume dans le champ de son âme. D'ailleurs, comme je l'ai dit dans la préface, il n'écrivait que pour lui-même.

A MONSIEUR CHARLES DE D...

ÉPIGRAMME.

Missery, 12 Juin 1863[1].

Les accords de la lyre, ô poète enchanteur,
Dans nos cœurs attendris ont un écho céleste;
Et les ris du festin, la gaîté manifeste,
Ne sont dus qu'à toi seul, divin compositeur.

COMMENTAIRE.

Celui à qui s'adresse cette ironie, moins acérée que flatteuse, est lui-même, à cette heure, descendu dans la tombe. Je ne pourrais rappeler les circonstances très-gaies de son origine sans remuer les cendres à peine refroidies de celui qui était notre ami, et le joyeux convive d'une table de famille, le jour où il débita les vers qui, allant à l'âme de notre enfant, lui inspirèrent cet éloge douteux.

1. Au mariage de sa cousine, Mme la comtesse de Montillet.

LES PLEURS DU DÉPART[1].

Nan, 12 juillet 1865.

Vallon si cher à mon enfance,
Oh! reçois mes derniers adieux!
Car la divine Providence
Étend son voile ténébreux
Sur le berceau de mon aurore,
Comme un céleste météore
    Aux campagnes des cieux.

Et toi, grotte mystérieuse,
Oh! sois l'écho de mes adieux!
Et que sous ton ombre amoureuse,

1. Composé dix jours avant de quitter Nan-sous-Thil pour la dernière fois.

Comme un pampre des vents pâli,
Les autans ferment ma paupière,
Et que dans ce lieu solitaire
    Mon nom soit enseveli.

Que sur moi l'astre de lumière
Verse, hélas! un dernier rayon;
Que le couchant de ma carrière
Dévoile un nouvel horizon;
Que le gazon de la vallée
Relève sa tige foulée
    Sous les pas du lendemain !

Que du Rio l'ombre légère
Voile, hélas! ce triste chemin,
Cache à la douleur d'une mère
L'empreinte de mes derniers pas;
Que sa voix, fille du poète,
Rappelle à mon âme inquiète
    Ce que j'adore ici-bas !

COMMENTAIRE.

A cette heure, le sacrifice est accompli; l'enfant a accepté le présage de mort. Au moment du départ, son âme est résignée, sa douleur est amère, mais elle est calme, comme elle reste secrète; aussi est-ce au sein de la discrète nature, au « vallon cher à son enfance, à la grotte mystérieuse, » que son âme triste va s'ouvrir pour exprimer non une plainte, non un murmure, mais des adieux.

Il voit avec douleur le poignard suspendu sur le cœur d'une mère. Il prie Dieu pour que ses pas ne laissent aucune trace sur cette terre que bientôt il ne doit plus fouler; par pitié il demande que son souvenir s'efface dans les cœurs et soit enseveli à jamais dans ces lieux solitaires, témoins de ses souffrances et de ses larmes ignorées.

Cher enfant, ta prière ne pouvait s'accomplir. Sous tes pas il a poussé des fleurs. La vallée a une voix, les arbres des accords, les oiseaux une gamme pour chanter toujours l'ami qu'ils ne voient plus venir et qu'ils appellent encore. Et dans le cœur d'une mère et celui de ton père ton image est vivante, pour ne jamais mourir.

Dans cette pièce encore, notre enfant a puisé à une source amie deux vers si bien en harmonie avec sa pensée que peut-être ne s'est-il pas aperçu du larcin. Millevoye était dans sa pensée, dans sa mémoire; il parlait souvent de ce jeune poète malheureux, et récitait avec âme ses plus touchants passages. Néanmoins nous rendons à César ce qui est à César.

DANS LE LIT DESSÉCHÉ DU NAN.

Le 14 juillet 1865.

O Nan, combien je te ressemble !
Dieu par bien des liens a voulu nous unir ;
Depuis près de vingt ans que nous vivons ensemble,
Quel malheur t'a frappé qui ne m'ait fait gémir !

Ainsi que moi, tu n'as de larmes
Pour pleurer sur le sort qui va nous séparer ;
L'astre aux rayons ardents a détruit tous tes charmes,
Et, près de te quitter, vers toi je viens errer.

Hélas ! à la nouvelle aurore,
Quand les pleurs du matin humecteront les fleurs,
Tu ne me verras plus au pied du sycomore
Où je venais rêver à des âges meilleurs.

Nan, car la vie est un voyage,
Tes flots avec mes jours tous ensemble ont coulé;
Ton lit, où vient gémir la feuille du bocage,
Est semblable à mon cœur si triste et désolé!

O beau Nan, adieu!

COMMENTAIRE.

Quel parfum exhalent tes eaux, humble ruisseau, quel charme roule dans ton murmure, quelle harmonie pare tes contours, quels mystères recèlent tes ombrages, pour qu'un cœur d'enfant se soit épris de toi d'un amour si parfait? Gardais-tu dans ton onde discrète une séduisante image pour celui qui t'aimait? Est-ce dans ton miroir limpide que ton ami a contemplé le gracieux tableau qu'il a rendu : *la Fleur des champs?*

A MON ERMITAGE.

Berceau chéri de mon jeune âge,
Encore un jour et je serai sans toi;
Mais si je fuis, ô trop cher ermitage,
C'est que d'autres lieux ont enchaîné ma foi.
Ombrages si charmants que mon cœur adore,
Et que l'astre de feu réjouit et colore,
Recevez mes adieux en souvenir de moi.

COMMENTAIRE.

Cet adieu dut être le dernier sacrifice que mon enfant eut à faire avant de quitter, pour ne plus les revoir, des lieux qui lui étaient si chers.

On était arrivé au soir du dernier jour. Dès l'aube, le lendemain, il devait prendre la route de Paris, pour, de là, rejoindre à Chartres son régiment. Le soleil était à son déclin. L'heure du repas de la famille allait venir; ne le voyant pas paraître, je me dirige vers l'endroit où je savais qu'on le trouvait toujours, son ermitage. J'avançais sans bruit. Je le vois; il était debout, son portefeuille sous le bras, dans l'attitude du départ. Un tardif rayon de soleil vint éclairer ses traits. Ils étaient empreints d'une mélancolique tristesse. Son regard se promenait lentement sur ce lieu bien-aimé. Une pensée venait de traverser son âme. Un instant s'écoule dans cette sorte d'extase. Puis je le vois, rouvrant son carton, écrire rapidement quelques lignes : c'était son adieu à l'ermitage.

Qu'était donc cet ermitage si sympathique à son âme? Un petit point, dans le parc du château, jusqu'alors ignoré, ombreux et silencieux, tout tapissé de lierre et de pervenche fleurie, sous un dôme de feuillage; puis une roche surmontée de hauts sapins; c'était tout.

Ce lieu plut à son cœur, il y planta sa tente, c'est-à-dire qu'il y établit un banc pour s'asseoir, une table pour écrire; le toit était le ciel. Telle était l'attraction de ce lieu sur son être, qu'il y passait ses jours. Là il était chez lui, seul avec ses pensées. Beaux arbres, si vous pouviez parler!...

Une légère suppression a été nécessaire pour rendre cette petite pièce plus correcte.

Les deux derniers vers ont été fondus en un seul, pour faire disparaître l'irrégularité monotone de trois rimes successives en ore. Cependant, comme les quatre mots retranchés avaient dans l'esprit de l'enfant une grande signification, il serait regrettable qu'ils restassent ignorés. C'est pourquoi je les rapporte ici isolément. Le manuscrit dit :

> Reçois mes adieux, que le monde ignore
> En souvenir, en souvenir de moi.

On a fait :

> Reçois mes adieux, en souvenir de moi.

Cette fin de vers : *Que le monde ignore*, exprimait toute l'amertume de son âme; elle disait : Je souffre, je suis désolé, je vais mourir. Je le dis à toi seul, mon ermitage; à toi mon ami, le confident de mon cœur : adieu, adieu, à toi seul adieu.

Après son départ, l'ermitage fut délaissé, on n'y pensait plus; mais à peine deux mois étaient-ils écoulés, qu'une douloureuse dépêche vint déchirer nos cœurs. L'enfant avait cessé de vivre.

On se souvint alors de l'ermitage, et depuis il n'a cessé d'être en grande vénération dans nos cœurs. Il a été embelli, orné, paré avec soin. Une maisonnette y a été élevée. Elle semble attendre l'ermite absent. Elle renferme ses livres, ses manuscrits et les quelques objets lui ayant appartenu, et qui ont pu être recueillis.

Il lui vient encore à cet instant le souvenir du château de Missery, où il avait des affections. Les quatre vers qui lui sont adressés ont été écrits à la suite et sur la même feuille que ceux à l'ermitage.

AU CHATEAU DE MISSERY.

Asile vertueux, qu'embellit l'Innocence,
Charmant Éden de mon enfance,
Reçois mes pleurs et mes adieux.

DEUXIÈME PARTIE

DE LA DESTINÉE.

A MON PÈRE.

Nan-sous-Thil, 30 mai 1865.

Le jour succède au jour, et l'année à l'année;
Sur la pente des ans luit notre destinée.
Chaque heure qui s'enfuit est un pas vers la mort,
L'ombre des nuits s'étend et nous voile le port.
Cependant ma nacelle, à la poupe légère,
Aux bruits de l'ouragan demeurait étrangère,
Sur l'écume des eaux traçant un blanc sillon,
Entre des bords fleuris jouait sous l'aviron.
Quand l'haleine des vents, enflant sa voile blanche,
Légère l'emportait sur le flot qu'elle épanche,
Alors au gré des vents se livrant sans retour,
Loin des brumeux récifs, ondoyait tout le jour.
Mais ce printemps si doux a fui dès son aurore.

L'éclat de ces beaux jours à mes yeux luit encore;
Je vois sa poupe en fleurs et ses bords festonnés,
De verts rubans flottants par l'amour ordonnés.

Mais plus rien n'est resté de ma première aurore,
Car l'orage a grondé sur la berge sonore,
Et, loin de ce rivage où j'ai reçu le jour,
Le noir souffle du nord m'emporta sans retour.
Depuis, n'entendant plus la vague murmurante
Rouler ses flocons d'or sous ma poupe écumante,
Mon cœur gonflé de pleurs, d'amour et de soupirs,
S'exhala, comme au soir l'haleine des zéphyrs.
Mais un jour, jour fatal, où l'onde murmurante
Apportait sur la berge une écume sanglante,
Un vent lourd s'éleva sur les flots irrités,
Et, du doux séjour où, depuis seize étés,
Tranquille je dormais sous le mobile ombrage,
La vague, au blanc réseau, sur l'océan de l'âge,
      Emporta mon léger esquif.
Longtemps au gré des vents, sur cette onde captif,
A travers les écueils que recèle l'abîme,
Il lutte, mais en vain, sur le flot qui l'opprime,
Et s'entr'ouvre à jamais sur un fatal récif.
Ainsi vient se briser la lame au château d'If.
O ma chère gondole, à jamais engloutie,
Adieu, la nuit est sombre, et l'écume blanchie
De ses franges d'argent baigne mes pieds meurtris ;
Car cet écueil encor couvert de tes débris,

Me privant à jamais de ma barque légère,
Daigna me recueillir sur son granit austère;
    Hélas! adieu, beaux jours de mon enfance,
    Vallon si cher à mon indépendance!
    Le ciel est sombre, et les flots irrités,
    Sur ce récif en tourbillons jetés,
    Font rejaillir l'écume de leurs ondes
      Sur mes membres ensanglantés!

    Adieu, tout fuit; comme les eaux fécondes,
    Ainsi mes jours dans les forêts profondes,
    Aux douces voix que rendent les torrents,
    Au bruit des eaux, au sifflement des vents,
    Sous ton ombrage, ont coulé dès l'aurore,
      Bois si cher à mes premiers ans!

Oh! douce souvenance, ombrages que j'adore,
Arbres toujours fleuris, que le soleil colore,
Roses de mes amours, ange au regard si doux,
A jamais le Destin m'a séparé de vous!

Voici venir au loin, sur la mer en furie,
La trombe redoutable, au mouvant tourbillon,
Bouleversant les mers, chassé par l'aquilon,
Et qui dans le ciel sombre à l'éther se marie.

Oh! retour du passé, souvenir trop amer,
Fuyez, fuyez ces lieux où mes malheurs naquirent,

Je ne puis plus rêver à tout ce qui m'est cher,
Et bien loin de vous tous mes jours, hélas! expirent.

Mais, ô vous, le seul être en qui mon cœur ait foi!
Oh! versez une larme en souvenir de moi!
Puisse mon ombre errer et, seule avec votre âme,
Brûler jusqu'au néant en une même flamme,
Et l'Auster de nos jours éteindre le flambeau,
La mer rouler ses flots sur un même tombeau!
Que le noir Aquilon, qui conduit la tempête,
Sur les ailes des vents vous porte sa conquête,
Que votre seule voix apaise son courroux,
Et que tous mes regrets montent jusqu'à vous!

Ah! si de votre voix la douce consonnance
D'un heureux avenir m'assurait l'existence,
Si, dans mon cœur versé, le feu de l'espérance
          Me rendait ma félicité!

Oh! je pourrais alors d'une voix attendrie
Chanter tout ce qu'au monde il peut être chanté
          Pour la gloire de la patrie!
Si le feu du bonheur en mon cœur s'allumait,
Si du tendre Apollon la douce mélodie,
En immortels transports, à ma voix s'unissait
          Pour éterniser le génie!

Si votre cœur s'ouvrait au bruit de mon malheur,

Si dans mon avenir vous aviez confiance,
Si vos regards pouvaient lire au fond de mon cœur,
Ah! des dieux immortels invoquant la puissance,
D'une voix jusqu'alors accusée de démence,
Je redirais ces mots qui sont toute ma foi :
« L'avenir, l'avenir, l'avenir est à moi! »

Des beaux jours de ma vie au rivage du Nan
      Ma barque est le vivant emblème;
L'ouragan qui mugit sur le vaste Océan
      Au malheur à jamais m'enchaîne;
L'instant où je luttai contre les flots furieux
Marque ce jour fatal où s'offrit à mes yeux
      Un avenir sans espérance;
Mon esquif englouti sous l'écume des flots,
Le sort qui me ravit à la fureur des eaux,
Ce sinistre abandon sur ce roc de souffrance,
Ce tourbillon qui doit ensevelir mes jours,
Tout me dévoile, hélas! mon malheur à toujours!

COMMENTAIRE.

Nan-sous-Thil, 30 mai 1865.

Pour l'intelligence de ces vers, dont le sens est voilé et noyé dans les ombres, il est nécessaire d'en donner la clef au lecteur.

Le pauvre enfant, à cette heure, n'avait plus d'illusions; il avait sondé la profondeur de l'abîme où il avait mis le pied; l'onde amère

avait touché ses lèvres; son beau rêve s'était évanoui. Il voulait un
dégagement.

Le souvenir de son excessive résistance à mes efforts pour le faire
renoncer à son funeste projet d'engagement rendait craintive son
âme honnête et juste. N'osant s'exprimer sans détour, il me pré-
senta sa requête sous forme poétique. Hélas! elle ne produisit pas
l'effet qu'il espérait.

Cependant cette touchante prière eut pour effet une promesse de
ma part, qui aurait pu ramener l'espérance dans une âme moins
ardente dans ses désirs.

Une année de délai, que je fixai pour sa délivrance, lui sembla
l'éternité et ne soulagea point son cœur.

RÊVERIE.

Cette belle onde qui serpente,
 Claire et murmurante,
Sur ces verts gazons émaillés,
 De pleurs couronnés,
Me dit que là Vénus repose
Sur un moelleux lit de roses.
Dans ces vallons le chant joyeux
Du rossignol se fait entendre
Comme un écho mélodieux
De la nature douce et tendre.
Le zéphyr, flottant sur les eaux
De cette harmonieuse rive,
Fait frémir hêtres et roseaux,

Comme une voix douce et plaintive,
S'élevant du sein des rameaux...

. . . .
. . . .

ISOLEMENT.

Souvent sur la montagne au pied du sycomore,
Aux derniers feux du jour, tristement je m'assieds;
Je contemple les pins que le soleil colore,
Dont l'ombre tremblotante se déroule à mes pieds.
Ici mugit le fleuve aux franges écumantes;
Il s'enfonce et se perd dans un lointain obscur.
Là le ruisseau du Thil, avec ses eaux dormantes,
Apparaît à mes yeux sous les plaines d'azur;
Sur ces monts toujours verts, couverts de forêts sombres,
Le dernier feu du jour s'éteint dans le gazon...

COMMENTAIRE.

Ce fragment n'a été reproduit ici qu'à titre de spécimen de la
méthode employée par le jeune poëte pour façonner sa muse nais-

sante. Nous avons trouvé un cahier entièrement formé de cette manière,

Il choisissait un morceau de poésie dont il se servait comme d'un transparent, interposé entre le maître et l'élève. Sur le modèle dont il s'inspirait, il déposait ses pensées comme sur un clavier.

SOUVENIR.

Adieu, mon ange, adieu, je vais gagner ma couche,
Pour soulager mon âme et reposer mon cœur.
Je ne t'oublierai pas, et sans cesse ma bouche
Redira doucement ton divin nom de fleur.
Et toi, du haut des cieux, tu prieras pour mon âme
Que les chagrins, hélas! remplissent de tristesse!
Oui, tu prieras pour elle, et ta bonté sans blâme
Suivra mes actions, conduira ma jeunesse,
Afin qu'au dernier jour je puisse retrouver
Cette autre âme du ciel qui me fait tant pleurer.
Oh! tu me resteras, image bien-aimée,
Tu me suivras partout, même dans la vallée.
Où, lorsque le trépas aura fini mes jours,
L'on viendra déposer mes restes pour toujours.

Bien souvent sur le soir, au souffle de l'Auster,
Je viens près du torrent rêver à mon image,
Je pleure, ma Lucy, je pleure sur ton âge
Et mon cœur est plongé dans un regret amer.
Bien des larmes déjà ont coulé de mes yeux,
Mais la source des pleurs ne s'est pas épuisée !

. . . .

. . . .

AZOR ET VELLÉDA.

Joigny, décembre 1861.

Sur les bords émaillés du riant Helphégor,
A l'ombre d'un ormeau se reposait Azor :
La brise parfumée, errant sous le feuillage,
De son souffle divin caressait son visage :
Aucun bruit ne troublait ce radieux Éden,
Tout se taisait encor dans la plaine d'Oulen,
L'aurore de ses feux dorait l'onde écumante,
Dont les flocons d'argent se brisaient sur la pente.
Azor le beau pasteur, Azor fils de Kermars,
Sur la nappe des eaux abaissait ses regards;
Il lui semblait entendre, à travers la ramure,
Celle qui de son cœur connaît le doux murmure.
Il rêvait quand l'écho de ces bords écumeux
Répéta les accords d'une lyre des cieux,

Et sur ce vert rivage une voix délicieuse
Fit entendre ces mots : « Rive silencieuse,
« Sur tes gazons en fleurs, je viens rêver encor,
« Loin de ces bords si doux, loin de mon bel Azor,
« Loin des rives du Nour! O berger que j'adore,
« J'ai quitté ces rochers, où j'ai reçu l'aurore,
« Pour toi mon seul espoir, pour toi, charmant pasteur,
« Toi qui seul fais vibrer les fibres de mon cœur.
« Hélas! ô mon amour, j'ai quitté ma chaumière,
« Où, privé de mes soins, se lamente mon père.
« Azor, ô toi que j'aime, entends le vent gémir,
« Vois ces oiseaux chéris à ces doux bruits s'enfuir,
« Non, je n'ai plus d'espoir qu'en toi sur cette terre,
« Oh! viens, viens consoler ta fidèle bergère! »

A ces accents d'amour chers au cœur d'une femme,
Velléda, pâle encor, sentit brûler son âme
Et s'accroître l'ardeur d'une amoureuse flamme.
Oubliant ses regrets, ses pleurs et sa douleur,
Elle s'envole aux lieux où l'appelle son cœur.

Que de charmes souvent à l'aube se dévoilent!
Qu'ils sont doux les amours qui de perles s'étoilent.

    « L'épi mûri qui dore nos coteaux,
    « Les verts gazons aux franges agitées,
    « La rose blanche aux feuilles dentelées,
    « Le sable d'or, l'étoile des ruisseaux,

« De l'océan le rose coquillage

« Semblent pâlir quand ta divine image

    « Se mire dans les eaux !

« Les doux parfums que la brise légère

« Au soir répand dans l'ombre du vallon ;

« Les flocons d'or qu'emporte l'aquilon,

« Qui chaque nuit vient joncher la terre,

« Et de l'hiver annoncer le retour,

« Oui, sont moins purs que ton âme en ce jour,

    « O ma douce bergère !

« Le chant plaintif des jolis oiseaux bleus,

« Dont l'aile agile effleure l'onde claire,

« N'est point si tendre et si bien fait pour plaire

« Que les accords de ton luth amoureux !

« L'écume d'or qui flotte au gré de l'onde

« Ne peut se comparer à cette natte blonde

    « De tes cheveux soyeux ! »

Oh ! qu'est douce la voix qui chante sa bergère,

Quand la brise se joue au loin dans la clairière,

Quand l'alouette chante aux premiers feux du jour

Et de l'astre éclatant annonce le retour.

Comme une tendre fleur au pied du sycomore,

Velléda du berger écoutait les accords

Que l'écho se plaisait à répéter encore.

Mais, adieu, bois touffu, doux rhythmes de ces bords,

Lac aux vagues d'argent, à l'écume mourante,

Campagnes, verts coteaux, grottes, rochers, déserts,

Adieu, car le bonheur ressemble aux flots amers;
Il passe et s'enfuit comme la feuille errante,
Qu'au retour de l'automne emporte l'aquilon.
Enfants nés pour l'amour et du même vallon,
Puissent vos jours couler dans une égale flamme,
Une brise d'amour illuminer votre âme!
Oh! puisse votre vie être un même flambeau,
Et la mort vous unir dans un même tombeau!

COMMENTAIRE.

Cet essai, unique dans le genre que renferme ce recueil, ne dégage du cœur du jeune soldat aucun pressentiment fâcheux, aucune tristesse, comme la plupart de ses compositions. En ce temps, il était encore dans l'enchantement de son uniforme de chasseur.

Il avait des loisirs que lui ménageait la bienveillance d'un chef qui s'intéressait à lui, et que, malheureusement, il perdit en quittant la résidence de Joigny. Il se livrait donc heureux à la culture de sa jeune muse, comme il l'avait rêvé en revêtant l'armure.

Telle que nous l'avons trouvée, cette pastorale est fort étendue, mais la trame n'en était pas bien dirigée; l'exposé de la scène manquant de lucidité, l'ensemble laissant à désirer, elle fut d'abord rejetée comme beaucoup d'autres; mais, en considération de son unité dans le genre, nous avons pensé que nous pouvions en offrir quelques fragments, choisis dans ce qu'il y a de moins imparfait.

Les nombreuses suppressions que nous avons fait subir à la pièce réclament pour son intelligence qu'il soit donné un aperçu de l'historique.

Azor, le beau berger, avait une bergère qu'il aimait d'un grand amour. Depuis plus d'une aurore, la belle Velléda n'avait point paru dans la prairie, conduisant son blanc troupeau. Le cœur de l'amant est rempli d'inquiétude et de tourments. Il s'élance par monts et

par vaux à la recherche de sa bien-aimée. En tous lieux il l'appelle;
il interroge les pasteurs du canton, nul n'a rencontré la brillante
bergère. Les grottes sont solitaires; les fontaines, dans leur miroir,
ne rendent plus son image tant aimée, son parfum n'est plus dans
les fleurs.

Azor, plein de fatigue et la mort dans l'âme, arrive au bord du
fleuve, où il se laisse tomber, ne pensant qu'à gémir, quand voilà
que des accords lointains, au timbre bien connu, font vibrer les
cordes de son cœur; c'est la voix de son amante, elle dit : J'ai quitté
la chaumière où souffre mon vieux père pour consoler Azor. Le
berger, à son tour, de sa voix la plus tendre, répond à la bergère,
et un dialogue chanté se poursuit jusqu'à la rencontre des deux
amants.

LE DERNIER ADIEU

DU CHEVALIER NAÏS DE KERMORE

SUR LE CHAMP DE BATAILLE DE X...

Après bien des combats j'expire au champ d'honneur,
A l'ombre des lauriers cueillis par ma valeur,
Sur ces monts dégouttants des restes du carnage,
Qui pour un vieux guerrier sont un bien doux partage.

Cependant sous le toit où j'ai reçu le jour
Une épouse éplorée attendait mon retour;
Ses larmes couleront au récit de ma gloire,
Et son cœur attendri bénira ma mémoire.

Vous qui passez, amis, près du guerrier mourant,
Gardez bon souvenir du père et de l'enfant.

Il n'est plus, ce héros qu'honora la victoire,
Mais bientôt dans les cieux je m'en vais le revoir.

Entouré d'un rempart de guerriers ennemis,
Couchés par le Destin sous le bras d'un Naïs,
En ce jour va périr l'espoir d'Éléonore,
Le descendant des dieux et le dernier Kermore.

MAUSOLE.

Nan-sous-Thil, 13 mai 1865.

Quand l'haleine d'Éole
Parfume ces coteaux,
Venez, belle Mausole,
Voguer au gré des eaux.

Dans ma frêle gondole,
A l'ombre des ormeaux,
Oh ! venez, mon idole,
Onduler sur les eaux.

Mais l'amour, qui s'envole
Au loin dans les roseaux,

Près de moi vous immole
Au murmure des eaux.

. . . .

. . . .

SOUVENANCE.

Nan, 19 Juin 1865.

Sous la faux du temps elle s'est courbée,
    Belle et jeune encor ;
Sa parure blanche, hélas! est tombée
    Comme un rayon d'or ;
Ses cheveux, plus noirs que l'aile d'ébène
    Du corbeau des bois,
Se jouent, comme aux brises la feuille du chêne
    Dont j'aime la voix.
Les sons de sa lyre animent les ondes
    Aux cristaux mouvants,
Et du Nan joyeux les rives fécondes
    Redisent ses chants.

Sa barque légère, à la voile blanche,
　　Vogue au gré des eaux.

. . . .

　　. . . . .

CLOTURE.

Nous n'étendrons pas davantage notre recueil, nous en amoindririons le mérite en voulant grossir notre livre. Cependant nous demandons la permission de présenter, pour le clore, un bout-rimé qui ne paraîtra pas sans mérite quand on connaîtra les circonstances qui en ont occasionné l'improvisation.

Ce jour-là, il y avait réunion de famille au château. C'était le temps des vacances. La jeunesse était en majorité.

Le temps étant devenu pluvieux, on chercha le plaisir autour d'une table de salon.

Le répertoire des petits jeux étant épuisé, l'ennui allait venir quand une personne se mit à dire : Ah! si l'on chantait? Une autre répond : Oui, faisons chanter Gustave; on le dit ami des Muses; et il pensait rire.

En guise de sujet, on improvisa sur-le-champ une série de rimes les plus saugrenues que possible, et on lui proposa de les remplir. Notre enfant sans hésiter les reçoit. Après s'être recueilli un instant, il prend un crayon, et écrit couramment la pièce entière. Il est donc juste de lui tenir compte des difficultés imposées et de la rapidité de l'exécution.

Le travail de l'imagination chez cet enfant était incessant, et déjà, à cette époque, il l'avait longuement exercée dans la production d'un roman, qu'il avait composé, étant au collége, dans ses instants perdus, ou peut-être, avec plus de vérité, en perdant son temps. Le fait est qu'il en rapporta un énorme manuscrit, l'ébauche de ce roman, et qu'il passa ses vacances entières à corriger et à mettre au net.

Si je parle de cet enfantement prématuré, ce n'est que pour semer un peu de lumière sur cette naissante intelligence, dont quelques-uns des produits viennent de passer sous les yeux du lecteur.

Il n'est point dans ma pensée d'analyser cet ouvrage, bien qu'il ne soit pas dépourvu d'un certain mérite que lui donnent l'originalité des situations et la multitude d'incidents, qui se succèdent sans relâche et en entretiennent assez bien l'intérêt jusqu'à la fin; mais, tout cela n'est acceptable que pour le cœur d'un père qui se complaît dans les pensées de

celui qu'il aimait. Aussi je ne donnerai de cet
ouvrage que le titre et la signature dont il l'avait
revêtu :

L'ENLÈVEMENT DE LA FIANCÉE

PAR SERMIZELLY
Élève de seconde au collége de Semur.

Ann. 1863.

Ce nom de Sermizelly qu'il affectionnait, et qu'on
retrouve particulièrement au bas de ses pensées les
plus douces, était tiré de celui de sa mère, née de
Sermizelles. Il se proposait d'en faire son nom de
guerre.

BOUTS-RIMÉS.

Nan-sur-Thil, 1863.

Sur les vertes côtes de l'île de *Niffon*
S'élève un mont fameux qui porte nom *Chiffon ;*
C'est là qu'un Japonais braquant une *lunette*
Sur un morceau de bois en forme de *pincette,*
Sa femme l'aperçoit, et voulant le *punir,*
Mais avec prudence, le pria de *finir.*
Le bonhomme se fâcha et d'un ton de voix *dure :*
Mille bombes, dit-il, ça comble la *mesure.*
Oui, va donc plutôt cueillir tous nos *cassis,*
Qui sont, ma foi, tout près de ces quatre *châssis;*
Mais, si tu crains les peines, appelle *fillette.*
Quant à moi, je me rends auprès de la *Nannette,*
Que j'entends par là-bas jouer du *chalumeau,*
Et nous irons tous deux sur le charmant *bateau.*

Ah! j'ai vraiment besoin de faire de la *moutarde!*

Dépêche-toi, morbleu, car toujours tu *bavardes;*

Fais préparer aussi ma gentille *haridelle,*

Puis tu me donneras une de ces *prunelles*

Qui sont tout à fait bonnes à dégriser l' *ivrogne.*

Cette recette, dit-on, est venue de *Gascogne.*

FIN

TABLE.

8

DEUXIÈME PARTIE

PARIS. — J. CLAYE, IMPRIMEUR, RUE SAINT-BENOÎT, 7. [1091]

IMPRIMERIE J. CLAYE
RUE SAINT-BENOIT 7

PARIS

www.ingramcontent.com/pod-product-compliance
Lightning Source LLC
Chambersburg PA
CBHW051552280626
47162CB00022B/1928